PHILIPPE GELUCK

MA LANGUE AU CHAT

Couleurs : Serge Dehaes

casterman

À Bob Siné

www.geluck.com
www.casterman.com/lechat

ISBN 978-2-203-01366-7

Imprimé en France par Pollina s.a., Luçon. Dépôt légal : novembre 2007 ; D. 2007/0053/128.
n° L45110

LA MORT...
C'EST UN PEU COMME LA CONNERIE
LE MORT, LUI, IL NE SAIT PAS QU'IL EST MORT
...CE SONT LES AUTRES QUI SONT TRISTES
LE CON, C'EST PAREIL ...

IL Y A DES GENS QUI ARRIVENT À ÉCRIRE LEUR NOM DANS LA NEIGE EN FAISANT PIPI
PARMI EUX IL Y A CEPENDANT DAVANTAGE DE LUC ET DE JO
QUE DE JEAN-SÉBASTIEN

UN JOUR, PENDANT LA GUERRE,
UN ALLEMAND, EST ENTRÉ DANS LE JARDIN D'UN TYPE
ET IL S'EST COUCHÉ SUR LE GAZON
JUSTE ÇA...
EH BIEN, LE TYPE, À LA LIBÉRATION
IL A TONDU SON GAZON

LES PLUS GRANDS ARTISTES
SONT TOUS MORTS EN LAISSANT UNE OEUVRE INACHEVÉE
MOI AUSSI, JE TIENS À LÉGUER À LA POSTÉRITÉ UN GAG INACHEVÉ
MAIS DE MON VIVANT
C'EST L'HISTOIRE. D'UN TYPE QUI ENTRE DANS UN BAR ET SE...

LA VÉNUS DE MILO FAIT DU CIRQUE
!

DESSINE-MOI UN MOUTON
VOILÀ, MON POTE

ÉTANT DONNÉ QUE NOUS SOMMES CONSTITUÉS DE 65 % D'EAU
J'AI LE PLAISIR DE VOUS PRÉSENTER UNE BONNE PARTIE DE MON BEAU-FRÈRE

OUH ! LÀ LÀ ! ÇA VA COUPER !
BON ! EUH...
ON PARLE JUSQU'À LA FIN...
C'EST ÇA !
MAIS APRÈS JE NE TE RAPPELLE PLUS
OUI...
ATTENTION ! ÇA VA COUPER ! ÇA VA COUPER D'UN MOMENT À L'AUTRE
ALORS... JE PARLE JE PARLE JE PARLE
TIENS ! À PROPOS : N'OUBLIE PAS DE...
...
ZUT ! ÇA A COUPÉ !

UN TYPE QUI VEUT OBSERVER UNE MINUTE DE SILENCE
IL EST OBLIGÉ DE LE DIRE AVANT
SINON ON CROIT QU'IL SE TAIT

MA VOISINE DU BAS FAIT DU X
CELLE DU HAUT FUME DU H
MA VOISINE DE GAUCHE EST ADROITE
ET CELLE DE DROITE ME FAIT DU T

OMAR !
IL N'Y A PLUS
DE PAPIÉ

JE SUIS CONTENT, SATISFAIT, GAI, RAVI, HEUREUX ET FIER
JE SUIS BIEN AISE, CHARMÉ, JE ME FÉLICITE ET ME RÉJOUIS
D'AVOIR ACHETÉ, ACQUIS, OBTENU, TROUVÉ
DE M'ÊTRE PROCURÉ, DE POSSÉDER, DE DISPOSER, DE M'ÊTRE OFFERT
CE DICTIONNAIRE DES SYNONYMES
JE VEUX DIRE CE GLOSSAIRE DES ÉQUIVALENTS
...CE LEXIQUE DES SIMILITUDES
...CE THESAURUS DES SUBSTITUTS

L'UNIJAMBISTE NE MARCHE JAMAIS AU PAS DE L'OIE
PAS PLUS QUE LE MANCHOT NE FAIT LE SALUT FASCISTE
C'EST UN PROVERBE SUISSE

LES GENS SONT MOCHES, LES GENS SONT GRAS
LES GENS SONT MOUS, LES GENS SONT CONS
VOUS SAVEZ, ILS DISENT PEUT-ÊTRE LA MÊME CHOSE DE VOUS
TU CROIS ?
ET EN PLUS !
LES GENS SONT MÉDISANTS

OOH! MÈRE-GRAND! COMME VOUS AVEZ DE GRANDES DENTS!
?
OOH! MÈRE-GRAND! COMME VOUS AVEZ DE GRANDES OREILLES!
OOH! MÈRE-GRAND! COMME VOUS AVEZ BEAUCOUP DE POINTS NOIRS!
TAAAA GUEUUULE!

J'AIME BEAUCOUP CE QUE VOUS FAITES...

TARZAN ET MOI, NOUS LE PORTONS COMME ÇA...
CERTAINS CHEFS D'ÉTAT LE METTENT SUR LA TÊTE
Cher 7ème soir,
Je commence mon tour du monde par l'Afrique. Il fait très beau ici. Il fait tellement sec que je n'ai plus de salive et que j'ai été obligé d'attacher mon timbre avec un trombone. À part ça tout va bien et je
Le septième Soir
21 place de Louvain
CGG

JE VIENS DE RELIRE
" MOÏSE ET LE MONOTHÉISME " DE FREUD
ET JE TROUVE QUE
OOOOH ! LE JOLI PETIT CHAT !
?
COMME IL EST MIGNON
TU DOIS AVOIR FAIM !
VIENS, MINOU !
QUI EST-CE QUI T'A AFFUBLÉ DE CES VILAINS HABITS ?
EUH.... JE...
...FIGURE-TOI QUE JE L'AI TROUVÉ CE MATIN DEVANT LA PORTE DU GARAGE ET...
SI ELLE CONTINUE À ME CARESSER COMME ÇA, JE VAIS ME METTRE À BANDER, MOI...

J'AI
UNE ÉCHARDE DANS LE POUCE
POURVU
QUE ÇA NE S'INFECTE PAS
JE TOUCHE DU BOIS

CAFÉ...
ÇA PREND UN OU DEUX SUCRES ?

ROGER
SERS-MOI UN LAIT DE COCO
IL EST FRAIS DU JOUR !
JE VIENS DE TRAIRE LE PERROQUET

CARLOS ET DEMIS ROUSSOS
SONT DANS UN BATEAU
LE BATEAU COULE

LE TYPE QUI LE PREMIER A IMAGINÉ METTRE DES BORDS SUR LES TABLES DE BILLARD NE DEVAIT PAS ÊTRE UN IMBÉCILE

IL Y A UN PROVERBE CHINOIS
QUI NE DIT RIEN.
IL M'ARRIVE
DE LE CITER
QUAND JE N'AI RIEN À DIRE

!

MOI, POUR QUE JE ME TAISE,
IL SUFFIT QU'ON NE LISE PAS CE QUE JE DIS

EN JOUANT AVEC UNE POMME DE TERRE
ET EN TAPANT TRÈS TRÈS TRÈS TRÈS TRÈS TRÈS TRÈS TRÈS FORT
ON DEVRAIT POUVOIR FAIRE DES FRITES

CHEZ LES CHAMOIS
QUAND MADAME SE FAIT FAIRE UN LIFTING,
ON GARDE LES PEAUX
POUR NETTOYER LES CARREAUX

Moi, TOUT LE MONDE M'ATTEND AU TOURNANT
Voilà pourquoi J'ai DÉCIDÉ D'ALLER TOUT DROIT

VE DEVAIS VOUER LE RÔLE DE DRACULA
DANS LE PROFAIN LONG MÉTRAVE DE COUFTEAU

QUAND J'ASSISTE
À UNE CONFÉRENCE
JE BOIS
LES PAROLES DE L'ORATEUR
SURTOUT QUAND IL POSTILLONNE

SI JE LUI DEMANDE DE SOURIRE
ÇA RISQUE DE LE DÉCONCENTRER...
PÉKIN CINÉ CENTRE
00435
je visite l'Asie
une semaine, ce
n'est pas beaucoup
pour tout voir.
J'essayerai de rapporter
un souvenir pour
chacun de nos lecteurs.
Je t'embrasse Le chat.
LE 7ÈME SOIR
21 PLACE DE LOUVAIN
1000 BRUXELLES
Greetings fro
AFGHANISTA

ON DIT QU'UN CON QUI MARCHE
IRA PLUS LOIN QU'UN INTELLECTUEL ASSIS
MOI, JE DIS : ÇA DÉPEND...

C'EST UN QUOI ?
?
C'EST UN CHIEN
C'EST UN QUOI ?
UN DALMATIEN
AH!
C'EST UN QUOI ?
C'EST UN CHAT
DPN96
C'ÉTAIT UN QUOI ?

ON DIT QU'ON APPREND
AVEC SES ERREURS
MAIS À MON AVIS
C'EST UNE ERREUR
ET SI JE ME TROMPE
AU MOINS J'AURAI APPRIS QUELQUE CHOSE

LES ÉCOLOGISTES CONS
RÉUTILISENT VRAIMENT PLUSIEURS FOIS LE MÊME PAPIER

UN TYPE QUI SE TROUVE
PILE SUR LE PÔLE NORD
DANS N'IMPORTE QUELLE DIRECTION QU'IL REPARTE
IL IRA FORCÉMENT VERS LE SUD
C'EST DINGUE, TOUT ÇA !
C'EST DINGUE !

LA BELLE ET LA BÊTE

IL Y A UN PROVERBE CHINOIS QUI DIT...
ROGER UN MUSCADET
IL Y A UN PROVERBE FRANÇAIS QUI DIT : ÇA FAIT VINGT BALLES

WONDERBRÂÂÂÂÂÂÂÂ..

DANS LE MOT HASCHISCH
LE H EST ASPIRÉ
ÇA FAIT PLUS D'EFFET

J'ÉPROUVE PARFOIS DES DIFFICULTÉS À UTILISER MON INTELLIGENCE
INTELLIGEMMENT

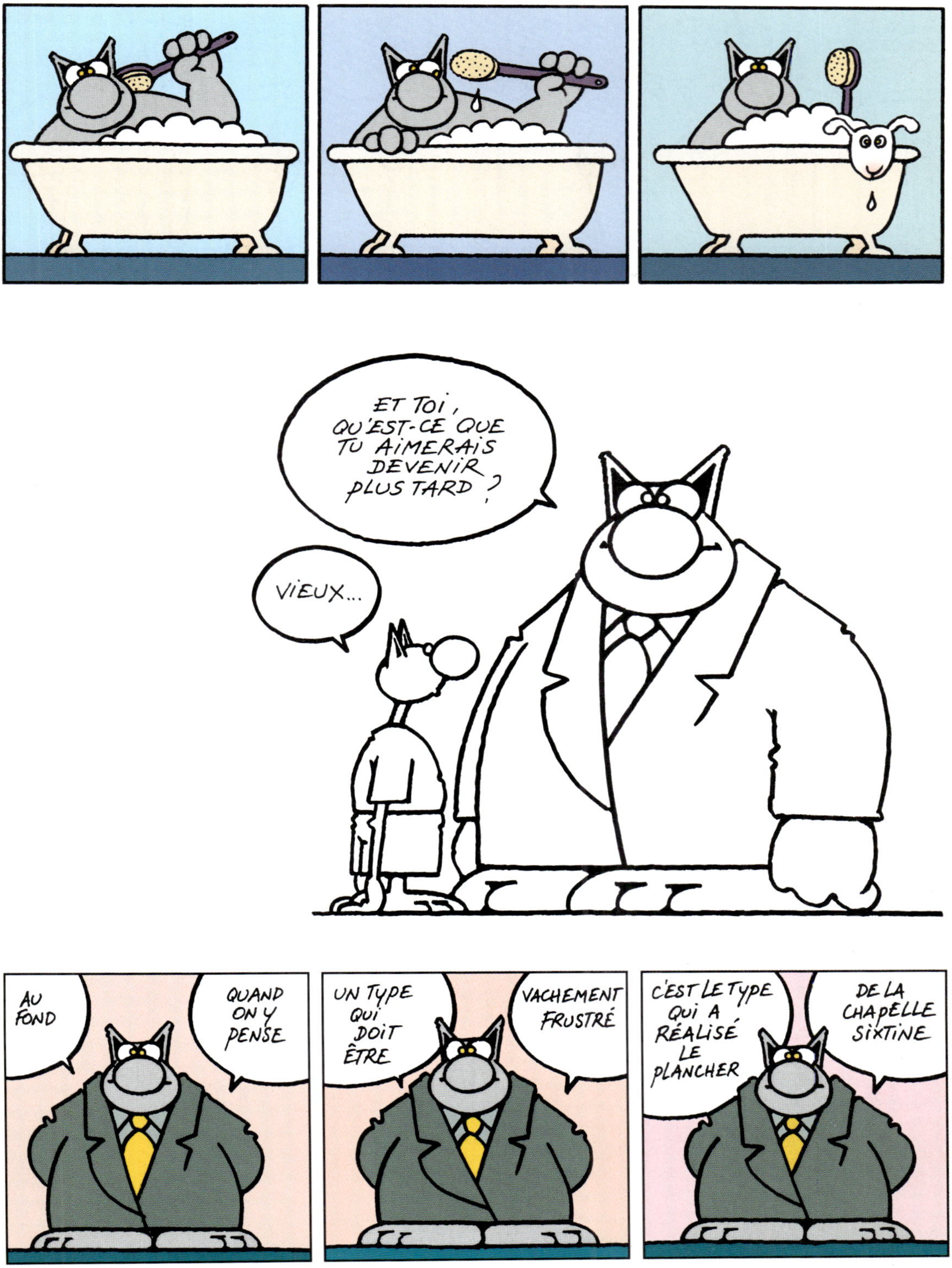
ET TOI, QU'EST-CE QUE TU AIMERAIS DEVENIR PLUS TARD ?
VIEUX...
AU FOND
QUAND ON Y PENSE
UN TYPE QUI DOIT ÊTRE
VACHEMENT FRUSTRÉ
C'EST LE TYPE QUI A RÉALISÉ LE PLANCHER
DE LA CHAPELLE SIXTINE

LE GOUVERNEMENT DÉBLOQUE
C'EST BIEN VRAI, ÇA !
UNE AIDE D'URGENCE
OUPS ! JE RETIRE CE QUE J'AI DIT
AUX PROMOTEURS IMMOBILIERS RUINÉS
JE REMETS CE QUE J'AI RETIRÉ

AÏE! LOVE YOU...

THE PELICANGOUROU
Cher 7ème Soir,
Je suis bien arrivé en Océanie et
c'est très joli, ici. Chez nous, tout le
monde croit qu'en Australie,
on ne trouve que des kangourous,
des koalas ou des boomerangs...
Or c'est faux ! Il y a aussi de très
beaux t-shirts avec des
kangourous, des timbres représentant
des koalas et des porte-clés en
forme de boomerang.
t'embrasse, cher
SOIR.
THE NATIONAL PARK FOR KOALAS AND

ET ALORS, CE GAG ?
VENEZ DANS MON BUREAU, FRED, JE VAIS VOUS LE RACONTER
AU PAYS DES CULS-DE-JATTE, LES BORGNES SONT CHAMPIONS DE COURSE À PIED...
SI MARC EST D'ACCORD, PRENEZ LE CANOT ET ALLEZ DICTER VOTRE GAG
EMMENEZ MIKE AVEC VOUS
JE SUIS D'ACCORD
O.K. J'Y VAIS
ILS POURRAIENT ACHETER UN FAX !
ÇA NE SERAIT PAS DU LUXE !
AU PAYS DES BORGNES, LES CYCLOPES SONT AVEUGLES ...
C'EST AMUSANT !
VOICI LE GAG QUE JE PROPOSE AUJOURD'HUI
"UN DANSEUR DOIT AUSSI AVOIR DES HORAIRES SOUPLES"
VOUS COMPRENEZ ? LE DANSEUR, IL EST SOUPLE ET...
AH !
AH OUI ! C'EST AMUSANT ! C'EST PAS MAL !
ALORS, CHÉRI, BONNE JOURNÉE ?
TU AS TROUVÉ DES BONS GAGS ?
TU DOIS ÊTRE FATIGUÉ !
ET ALORS, CE QUATRIÈME GAG ?
IL DEVRAIT ÊTRE ICI D'UNE MINUTE À L'AUTRE
"LE DANSEUR QUI DANSE DANS LA CONFITURE AURA DES COLLANTS COLLANTS"
EH BIEN ! ÇA VALAIT LE COUP D'ATTENDRE !

FAUT-IL DIRE LA VÉRITÉ AUX IMBÉCILES ?
JE VEUX SAVOIR !
VOUS ÊTES TRÈS CON...

N'ALLEZ PAS IMAGINER QUE JE PASSE MES JOURNÉES
À REGARDER DES VIEUX TOM ET JERRY
JE SURVEILLE MON DÎNER QUI CUIT AU MICRO-ONDES

AU PAYS DES SOURDS
LES AVEUGLES S'ENTENDENT BIEN
AU PAYS DES TRAVESTIS
LES ROIS SONT REINES
AU PAYS DES SYNONYMES
LE SOUVERAIN EST MONARQUE
AU PAYS DES GALETTES
CELUI QUI A LA FÈVE EST ROI
AU PAYS DE LA CENSURE
[redacted] EST [redacted]
AU PAYS
DES BELGES
LES ALBERT II SONT ROIS

?
!
QUAND DALAÏ LAMA FÂCHÉ, LUI TOUJOURS FAIRE AINSI

?

OUPS!
J'ESPÈRE QU'ON VA RETROUVER LA BOÎTE NOIRE

IL Y A UN PROVERBE CHINOIS
QUI DIT :
QUAND ON EST
UNE MOUCHE
ON A SOUVENT
DES AMIS DANS LE BESOIN

I BUT
I WHEN I

DANS CE MONDE ÉGOÏSTE
QUI EST LE NÔTRE
ON SE DEMANDE PARFOIS SI ON NE DEVRAIT PAS SE DÉGUISER EN MIROIR
POUR QUE LES AUTRES NOUS ACCORDENT UN REGARD

POISSON DES LACS SUISSES

J'AIME LA FORÊT AMAZONIENNE ...
UN PEU...
AUCOUP
TENDREMENT
PASSIONNÉMENT
À LA FOLIE
PAS DU TOUT

PUTAIN !
UN MILLIARD ET DEMI DE CHINOIS !

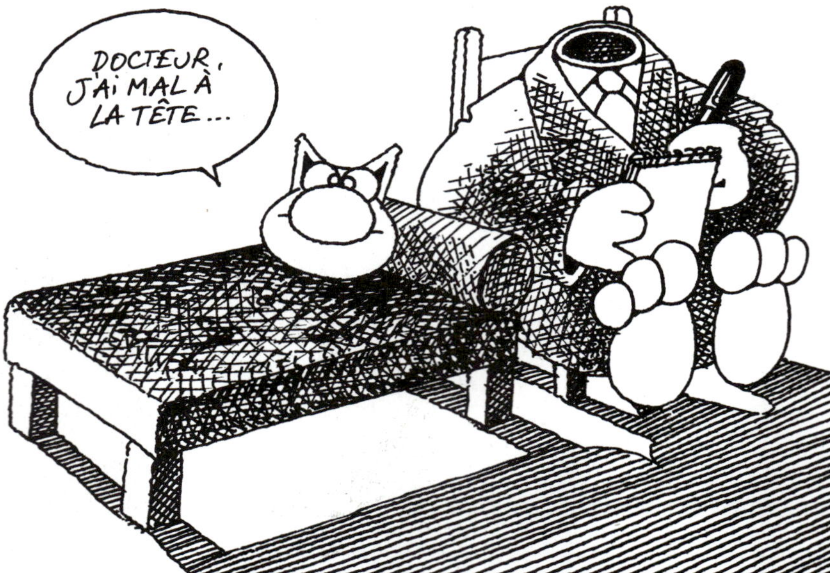
DOCTEUR, J'AI MAL À LA TÊTE...

...?
C'EST À CETTE HEURE-CI QUE TU RENTRES ?

LE CHIEN DE JEAN-MARIE LE PEN
LÈVE LA PATTE COMME TOUS LES CHIENS
MAIS CE N'EST PAS LA MÊME PATTE
QUE TOUS LES CHIENS

IL S'AGIT POUR MOI, D'UNE DÉFAITE CUISANTE...

OUPS !
QUEL BOL ! C'EST UN FRÊNE !

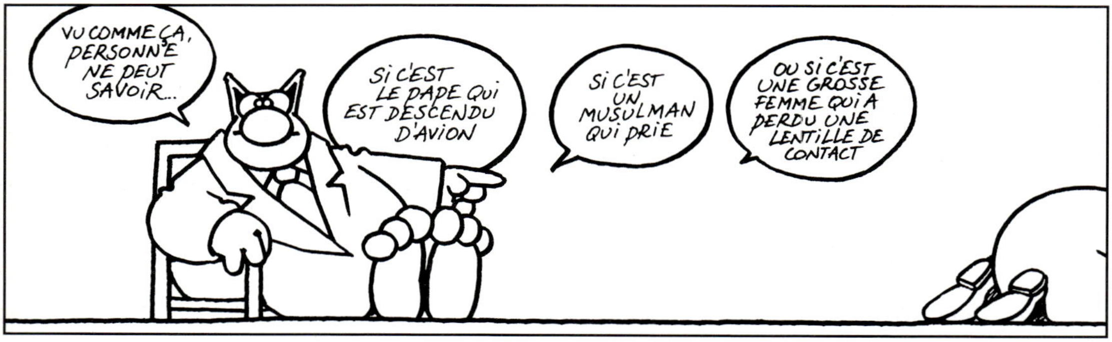
VU COMME ÇA, PERSONNE NE PEUT SAVOIR...
SI C'EST LE PAPE QUI EST DESCENDU D'AVION
SI C'EST UN MUSULMAN QUI PRIE
OU SI C'EST UNE GROSSE FEMME QUI A PERDU UNE LENTILLE DE CONTACT

C'EST MON DOUBLE
JE VOUS PRÉSENTE MA MOITIÉ

BOXEUR S'APPRÊTANT À PRENDRE UN DIRECT

TIENS!
ROGER N'EST PAS LÀ ?
ROGER EST MORT HIER SOIR
OH!
JE LE REMPLACE
ÇA NE VOUS DÉRANGE PAS SI JE VOUS APPELLE AUSSI ROGER ?
LA MORT DE ROGER M'AFFECTE BEAUCOUP ROGER
VOUS CONNAISSIEZ ROGER? ROGER?
QUOI !? C'EST VRAI ?
VOUS VOUS APPELEZ VRAIMENT ROGER, ROGER?
ROGER!
UN MUSCADET!
MERCI ROGER
VOICI MONSIEUR
BOUUUUHH
ROGER
J'AI DÉCIDÉ DE T'APPELER ROGER DEUX
ROGER DEUX...
MUSCADETS
MERCI ROGER
IL N'Y A PAS DE QUOI, MONSIEUR

HIER, C'ÉTAIT MON ANNIVERSAIRE
J'AI REÇU UNE JOLIE CARTE
UN CHAPEAU
ET UN ÉVENTAIL !
J'AI ÉTÉ VACHEMENT GÂTÉ !

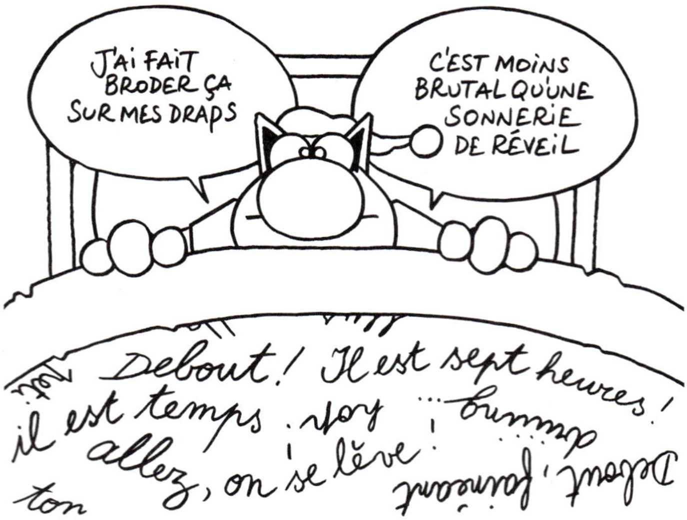
J'AI FAIT BRODER ÇA SUR MES DRAPS
C'EST MOINS BRUTAL QU'UNE SONNERIE DE RÉVEIL
Debout ! Il est sept heures !
il est temps
allez, on se lève !
Debout, fainéant

SUITE À UN COUP DE TÉLÉPHONE DU MARI
UNE MAMAN SE FAIT HORRIBLEMENT BRÛLER PAR SON FILS
LE PAPA LUI AVAIT DIT :
REPASSE-MOI TA MÈRE
ET IL L'A FAIT...

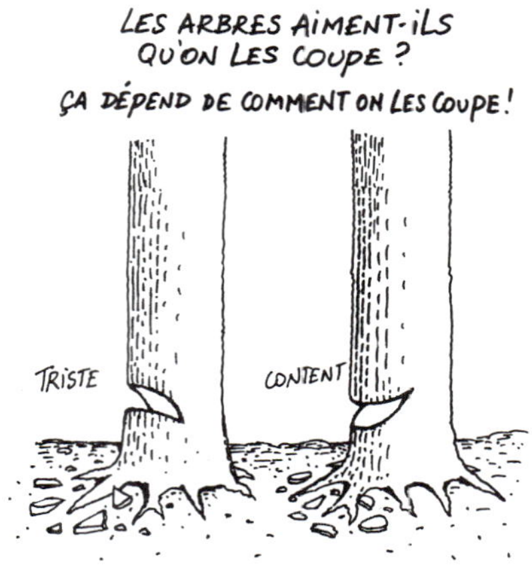

1. Monsieur et Madame Noël ont un bébé.
2. Ils l'appellent «Joyeux».
3. Comme c'est rigolo !

ON DIT QUE
LES PAROLES S'ENVOLENT
ET QUE
LES ÉCRITS RESTENT
...ET LES LETTRES PAR AVION, ALORS ?

Si MA FEMME OUVRAIT UN BISTROT
ELLE ME VERRAIT PLUS SOUVENT

J'AI UN COPAIN FAKIR
ET L'AUTRE JOUR,
ON LUI A PIQUÉ SON PORTEFEUILLE
IL A RIEN SENTI !

EH BIEN ! CETTE FOIS
JE CROIS BIEN QUE J'AI ATTRAPÉ UN BON RHUME !

IL Y A DES GENS QUI SE LÈVENT
PLUS TÔT QUE D'AUTRES
ET SUR LA TERRE, IL Y EN A FORCÉMENT UN
QUI DOIT COMMENCER
CE GARS-LÀ...
IL SE LÈVE LE PREMIER DU MONDE !

COUCOUILLE !

QUAND JE SUIS, DESSINÉ AU CRAYON
JE PEUX ME RASER AVEC UNE GOMME

JE CROIS EN TOI
MON OEIL

QUEL EST CELUI QUI N'A PAS RÊVÉ
À L'IMMORTALITÉ
N'EMPÊCHE
QU'À UN MOMENT DONNÉ,
ÇA DOIT COMMENCER À POSER DE SÉRIEUX PROBLÈMES
...DE BOUGIES D'ANNIVERSAIRE

?

L'INTELLIGENCE A ÉTÉ INVENTÉE IL Y A TRÈS LONGTEMPS
PAR UN TYPE VACHEMENT MALIN
LA CONNERIE
C'EST AUTRE CHOSE
C'EST UNE CRÉATION COLLECTIVE

QUAND L'HOMME INVISIBLE
A UNE EXTINCTION DE VOIX
IL NE LUI RESTE PAS GRAND-CHOSE

DOCTEUR, J'AI L'IMPRESSION D'ENNUYER TOUT LE MONDE...

ON AVAIT D'ABORD ANNONCÉ LE MASSACRE DE 8.000 HUTUS
QUELLE HORREUR !
AUX DERNIÈRES NOUVELLES, IL POURRAIT S'AGIR DE BEAUCOUP MOINS. ON PARLE DE 1.500 VICTIMES
J'AIME MIEUX ÇA !

J'AI TROUVÉ LE MOYEN D'ACCÉLÉRER LE VIEILLISSEMENT DU PAIN FRAIS
UN ! JE MANGE DU PAIN ASSIS
DEUX !
JE MANGE DU PAIN DEBOUT
TROIS !
JE MANGE DU PAIN RASSIS

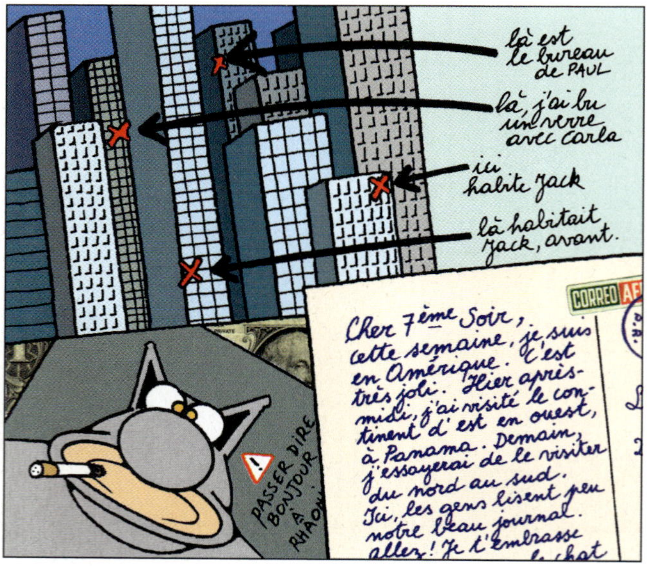
là est le bureau de PAUL
là, j'ai bu un verre avec Carla
ici habite Jack
là habitait Jack, avant.
CORREO
Cher 7ème Soir, cette semaine, je suis en Amérique. C'est très joli. Hier après-midi, j'ai visité le continent d'est en ouest, à Panama. Demain, j'essayerai de le visiter du nord au sud. Ici, les gens lisent peu notre beau journal. allez ! Je t'embrasse
PASSER DIRE BONJOUR À RHAON

UN TAS DE SABLE AUQUEL ON AJOUTE UN TAS DE SABLE
ÇA FAIT TOUJOURS UN TAS DE SABLE
DE MÊME CELUI QUI A CREUSÉ UN DEMI-TROU
A DÉJÀ CREUSÉ UN TROU ENTIER
ET SI J'ADDITIONNE UN MOMENT AU MOMENT QUI SUIT
CES DEUX MOMENTS NE FONT JAMAIS QU'UN MOMENT

2
3
4

JE N'AIME PAS LES JUIFS CONS
JE N'AIME PAS LES NOIRS SALAUDS
JE N'AIME PAS LES RACISTES SYMPATHIQUES

MON CHIEN PENSE QUE JE LIS TROP

JE CONNAIS
UN FERMIER LETTRÉ
ET IL L'EST
TRÈS !
ET SES VACHES,
IL LES TRAIT
ET
ELLES LE SONT

J'AI CONNU UN AMNÉSIQUE
QUI
N'A JAMAIS OUBLIÉ D'ÊTRE CON
© 1993

LE-TRAIT-D'UNION-FAIT-LA-FORCE !

J'ESPÈRE
QUE LE FOND DE LA MER EST ÉTANCHE

IL NE FAUT PAS CONFONDRE RIS DE VEAU DOUX ET RITE VAUDOU
VOUS AVEZ BESOIN DE VACANCES, VOUS. NON ?

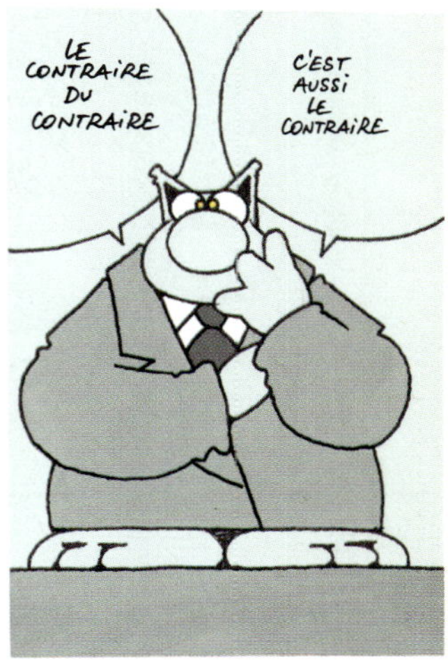
LE CONTRAIRE DU CONTRAIRE
C'EST AUSSI LE CONTRAIRE

CHE CROIS QUE CH'AI UN ABCHÈS, ROCHER
CHE FAIS TÉLÉPHONER AU DENTICHTE, CH'EST CHÛR !
CHA FAIT MAL, CHA, UN ABCHÈS
N'EST-CHE PAS ROCHER ?
CERTAINEMENT, MONSIEUR

JE VIENS D'ALLER REVOIR UN FILM
COMME ÇA !
JIVARO
DOCTEUR JIVARO

JE HAIS
TU SUIS
IL SOMME
NOUS AVONS TÊTÉ
VOUS SERREZ
ILS FUMENT

M. ET MME IMBÉCILES
ONT ACHETÉ DES PNEUS-PLUIE
JUSTE À TEMPS !

À CHOISIR, JE PRÉFÈRE ME FAIRE FAIRE UN GAG PAR LE FILS DE L'HUMORISTE
PLUTÔT QU'UNE MAISON PAR LE FILS DE L'ARCHITECTE
CACA BOUDIN

UN MUSCADET CONNARD !
LE VOILÀ TROUDUCUL
C'EST PAS TROP TÔT !
BORDEL DE CHIASSE
MERDE, ALORS !
C'EST PAS DE LA PISSE D'ÂNE
METS-EN UN AUTRE, IMBÉCILE
ÇA VIENT, CHIEUR
SLIIIIRCK SLLLRRK
SLUUURP
ALLEZ, JE TE QUITTE TRIPLE CON
BORP !
BON DÉBARRAS, GROSSE MERDE !
JOURNÉE MONDIALE DE LA GROSSIÈRETÉ
TOI AUSSI PARTICIPE !
SALUT ! COUILLE MOLLE

LE RÉBUS DE L'ESQUIMAU
11 LAIT GEL
HÔTEL
ICI, QUAND ON RESTE SIX MOIS
ON NE PAYE QU'UNE NUIT
ET IL Y A UN FRIGO DANS LA CHAMBRE...
CETTE NUIT, IL A FAIT TELLEMENT FROID QUE LE MERCURE A GELÉ DANS LE THERMOMÈTRE
NORGE

LE YOGA EN 20 LEÇONS
1. LA POSITION DU LOTUS

SETTER DU SOIR

!

LES GENS M'ACCOSTENT DE PLUS EN PLUS DANS LA RUE
SI BIEN QUE J'AI DÛ ENGAGER DES GARDES DU CORPS
GRÂCE À EUX, JE PEUX DIRE MON GAG EN TOUTE SÉCURITÉ
C'EST L'HISTOIRE D'UN TYPE QUI SE TROUVE DANS UN TAXI, ET
!
...!

MISS BEAUTÉ INTÉRIEURE
— 1995 —

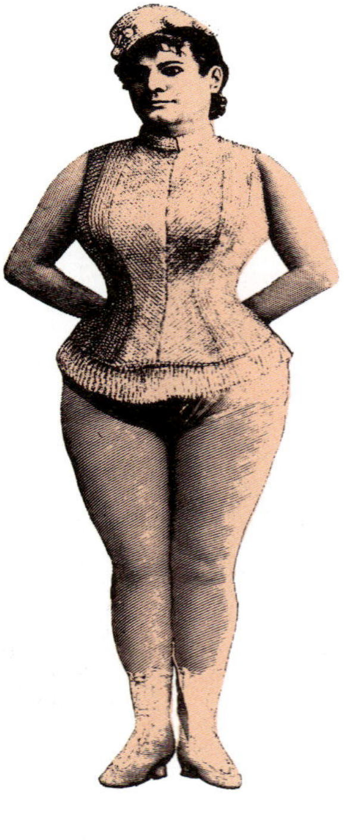